Oscar et la dame rose

FichesdeLecture.com

Oscar et la dame rose
(Fiche de lecture)

I. RÉSUMÉ

Oscar est un petit garçon de dix ans qui a le cancer et qui est à l'hôpital. Sur le conseil de sa nouvelle copine, Mamie-Rose, il adresse une lettre à Dieu. Son vocabulaire est tout ce qu'il y a de plus direct et il dit « tu » à Dieu comme s'il parlait à un de ses copains. Sauf qu'il ne se gêne pas pour dire qu'il pense que Dieu n'existe pas.

Mamie-Rose est une des bénévoles qui travaille à l'hôpital. Oscar est sidéré par le côté cru de son langage, mais elle lui avoue qu'elle était catcheuse !... Il en est scié !... Or, Mamie-Rose est très importante pour lui. Ses parents, comme tous les autres, lui mentent et seule Mamie-Rose ne lui ment pas. Lui, il est presque gêné, car il se rend compte qu'il déçoit... Après tout ce qu'on lui a fait, il ne va toujours pas mieux. Il ne contribue pas à la grande croyance de la toute-puissance de la médecine...

À son copain Bacon, il demande : « Mais pourquoi ils ne me disent pas tout simplement que je vais mourir ? » À Mamie-Rose il déclare tout net qu'il va mourir et il supplie Dieu qu'elle, au moins, ne lui mente pas. Elle ne ment pas et il est tout soulagé. Il peut vraiment avoir confiance !...

Elle lui demande d'écrire à Dieu. Bon, il n'y croit pas, mais puisque Mamie-Rose y croit... En plus, lui dit-elle, il pourrait lui faire un vœu chaque jour... Sa première question est « est ce que je vais guérir ? » Le lendemain, il est scotché car il reçoit la réponse. Son copain Pop Corn lui annonce que ses parents sont là, alors qu'il ne les voit pas arriver. Il devine alors que ses parents sont chez le docteur Düsseldorf. Il s'y rend et entend le docteur dire à ses parents que tout a été essayé et que rien n'y fait. Au docteur qui propose qu'ils aillent le voir, ses parents répondent qu'il vaut mieux pas, qu'ils ne trouveraient pas quoi lui dire. En lui-même il les traite de lâches !

Il exige la présence de Mamie-Rose et refuse tout tant qu'il ne l'aura pas vue. Elle arrive et il lui raconte. Elle lui donne à nouveau le conseil de se soulager de cette colère en écrivant à Dieu et qu'il viendrait peut-être. Il découvre soudain à quel point il a besoin d'aide, il n'y croyait pas vraiment à sa maladie. Mamie-Rose a soudain une idée géniale. Elle lui donne l'idée de prendre chacune des douze journées, du 19 au 31 décembre, pour une période de dix années. Oscar irait donc jusqu'à cent trente ans !... Et voilà Oscar qui va vieillir à une vitesse phénoménale !... Le lendemain il a une journée très difficile à cause des soucis de l'adolescence. C'est une période très dure à vivre dit-il à Dieu.

Mamie-Rose le pousse à se déclarer à Peggy Blue (Elle s'appelle comme cela parce qu'elle est bleue à cause d'un problème sanguin), qu'il aime bien. Elle trouve qu'à presque quinze ans, il est temps. Il le fait, mais trouve un concurrent en Pop Corn qui prétend déjà occuper la place. Arrivent ses parents à qui il demande s'ils ne sont pas venus la veille. Ils mentent et disent que non. Pour les punir, il passera deux heures avec son lecteur de disques sur la tête. Enfin, ils partent et Oscar sent très bien qu'ils souffrent, mais trouve qu'après tout c'est leur tour. Il retourne voir Peggy Blue et emporte enfin la partie. Il est plus de dix-sept heures et il a donc déjà à peu près dix-huit ans. Le soir, son vœu à Dieu sera de pouvoir se marier avec Peggy Blue. Il lui rappelle qu'il n'a pas beaucoup de temps !...

Le lendemain il triomphe !... Nous sommes le vingt et un décembre et il s'est marié dans la nuit. Il marche vers ses trente ans. Il a passé la nuit dans le lit de Peggy Bleue et a découvert que la peau des filles était douce partout : « On a beaucoup dormi, beaucoup rêvé, on s'est tenu tout contre, on s'est raconté nos vies. » Il craint quand même un peu à propos des enfants, car ils se sont donné des baisers avec la langue...

Mamie-Rose l'emmène voir Dieu à la chapelle. Là, c'est le choc !... Quoi !... C'est ça, Dieu ?... Il lui semble dans un état tel qu'il déclare : « Mamie-Rose, soyez sérieuse...vous n'allez pas faire confiance à ça ! » Mais elle va redresser la barre en lui faisant remarquer que Dieu ne semble pas avoir mal. Pourquoi ?... Tout simplement parce qu'il a confiance. Il dépasse sa souffrance physique par sa confiance qui lui ôte la peur de la mort. Les gens, dit-elle, manquent de curiosité, ils s'accrochent à ce qu'ils ont et ont peur : ils manquent de confiance. Oscar retient la leçon et annonce qu'il va augmenter sa confiance.

Le lendemain est le jour de l'opération de Peggy Blue. Son vœu sera donc consacré à la réussite de celle-ci. Cette journée a été longue et dure et il trouve la trentaine vraiment difficile. Il dit à Mamie-Rose qu'il ne comprend pas comment Dieu accepte que des enfants comme eux puissent être malade. Elle lui répond que la maladie est un fait et non une punition. Ils vont mettre des fleurs et des chocolats dans la chambre de Peggy Bleue puis il va dormir. Il dort de plus en plus souvent et s'en étonne. En fin de journée, Peggy est revenue dans sa chambre et l'opération a réussi : elle va redevenir rose. Il fait la connaissance de ses beaux-parents et est très heureux de ce qu'il appelle une « journée famille »

Le lendemain, entre ses quarante et ses cinquante ans, tout va mal. Peggy rompt avec lui, car elle apprend qu'il a donné un baiser à une autre. Mais à l'époque, il avait moins de quinze ans !... Cela ne compte plus ! Mais elle tient bon. Il se laisse embrasser par une trisomique par trop en besoin d'affection et Peggy l'apprend aussi. Qu'est-ce qui lui arrive ?... Mamie-Rose lui annonce que c'est normal, c'est le démon de midi, très courant chez les hommes de cinquante ans... Le lendemain c'est Noël. Son vœu c'est que Peggy Blue et lui se réconcilient. Il en profite pour souhaiter un bon anniversaire à Dieu.

Réconciliation totale le matin, puis ils sont séparés pour Noël. Elle a toute sa famille et lui sait que ses parents vont arriver. Il s'attend à recevoir « un puzzle de dix-huit mille pièces ? Des livres en kurde ? Une boîte de modes d'emploi ? » Il déclare que ce sont « ... deux crétins pareils, qui ont l'intelligence d'un sac poubelle... » Sa journée sera un enfer, aussi il décide de s'enfuir de l'hôpital. Avec l'aide de ses copains, il va se faufiler dans la voiture de Mamie-Rose, par terre entre les sièges, et il attend qu'elle revienne et démarre. Mais il s'endort et ne se réveillera que le soir, dans la voiture. Il neige, il fait froid. Il sonne et Mamie-Rose le trouve effondré sur le paillasson. Tout le monde le cherche et ses parents ont été à la police.

Mamie-Rose va arriver à lui faire comprendre que ses parents l'aiment vraiment, mais qu'ils ont peur de la maladie. Lui, il croit qu'ils ont peur de lui, avec eux il a l'impression d'être un monstre, ils ne savent même plus lui parler... Mais Mamie-Rose lui rappelle que ses parents aussi vont mourir un jour et qu'ils seraient terriblement malheureux de ne pas être arrivés à se réconcilier avec lui. Il n'avait jamais pensé à cela. Quand ils arrivent, il leur déclare tout net qu'il avait oublié qu'ils allaient aussi mourir un jour. Ce mot une fois prononcé, les parents se décoincent et il passera avec eux, et Mamie-Rose, une soirée comme avant.

Rentré à l'hôpital il retrouve Peggy Blue qui va bien, même si elle est rose. Viennent ses soixante, soixante-dix et quatre-vingts ans et il se pose des questions philosophiques sur la vie, la mort, etc. Il voudrait trouver un livre qui explique tout cela, mais Mamie-Rose lui fait remarquer qu'il n'y trouvera pas de réponses non accompagnées de « peut-être », Le livre proposera plusieurs réponses différentes, car, dit-elle, « Les questions les plus intéressantes restent des questions. Elles enveloppent un mystère… Il n'y a que les questions sans intérêt qui ont une réponse définitive. »

Peggy Blue quitte l'hôpital et il sait qu'il ne la verra plus alors que, dit-il, « On a passé notre vie ensemble. » Sa lettre à Dieu se terminera ainsi : « C'est moche de vieillir. Aujourd'hui je ne t'aime plus. » Oscar avance en âge. À cent ans il dit à Dieu qu'il glorifie la vie, qu'elle est un cadeau, mais qu'il ne s'agit en définitive que d'un prêt. À cent dix ans, il se sent mourir.

La dernière lettre à Dieu sera écrite par Mamie-Rose qui annonce à Dieu la mort d'Oscar. Il est parti seul, pendant qu'elle et ses parents étaient allés prendre un café. Elle remercie Dieu de lui avoir fait connaître Oscar. Grâce à lui elle a ri et fait rire, elle a inventé des légendes, et sa vie de catcheuse.

Oscar avait laissé un mot sur sa table de chevet : « Seul Dieu a le droit de me réveiller. »

II. LES IDÉES

Mentir ou ne pas mentir

Ceci est vraiment la première question posée par cette œuvre et le fait que le malade est un enfant ne simplifie pas du tout le problème !

À la lecture du livre, il semble évident que dire la vérité est la solution, mais est-ce aussi simple ?

Les réactions d'Oscar tout au long de l'histoire sont claires à ce sujet. Il n'hésite pas trente secondes à considérer ses parents comme des lâches et des cons parce qu'ils cachent cette terrible vérité. Il dit aussi que, depuis ce mensonge, plus aucun courant ne passe entre ses parents et lui. Ils sont mal à l'aise et lui tout autant.

C'est parce qu'elle dit la vérité (ou ses silences reviennent à une réponse claire) qu'Oscar a cette confiance totale en Mamie-Rose. C'est cette confiance qui va faire qu'il écrira à Dieu, qu'il acceptera de jouer à cette histoire qui fait qu'un jour équivaudrait à 10 ans, etc.

Mais est-ce si simple ?... Non, en effet, il faudra aux parents la fugue d'Oscar pour le comprendre et le fait que ce sera lui qui parlera de la mort et non eux.

Nous pouvons aussi nous poser la question de savoir pourquoi Mamie-Rose dit-elle la vérité et pas les parents. Il me semble qu'il y a là un élément très important à prendre en considération : elle n'est ni la mère, ni le père.

Malgré tout l'intérêt et l'amour qu'elle peut avoir pour Oscar, elle ne peut pas ressentir la même terrible douleur qu'eux. Elle peut être un rien plus détachée, même si cela ne semble pas apparent. À la fin du livre, dans son adresse à Dieu, elle le remercie et parle surtout du fait qu'elle est arrivée à faire rire l'enfant. Il me semble clair que le rire est une des meilleures thérapies dans un cas de ce genre. En outre, son imagination, son langage, sont aussi très adaptés à un enfant.

Mais les parents pourraient-ils utiliser ce langage avec leur enfant, seraient-ils crédibles ? La réponse est non ! Pourraient-ils inventer cette histoire de catcheuse qui donne à Mamie-Rose un prestige à l'enfant ? Bien sûr que non ! Seule une étrangère pouvait faire cela et rester crédible. De là vient, en grande partie, sa capacité de faire rire Oscar.

Une autre question vient aussi à l'esprit : faire rire. Bien sûr c'est la meilleure des choses, mais les parents peuvent-ils avoir la capacité de réagir ainsi et de le faire ? Il y a de quoi en douter fortement ! Et nous pouvons comprendre à quel point ces parents doivent être démunis devant ce qui arrive à leur fils.

Il n'empêche qu'il ne les épargne pas !

« Avec deux crétins pareils, qui ont l'intelligence d'un sac poubelle... »

Son père lui dit que les voitures sont interchangeables et Oscar lui répond : « Ouais, c'est pas comme les parents. Dommage. »

« - Mamie-Rose : Tes parents ne t'ont jamais parlé de Dieu, Oscar ? Oscar - Laissez tomber. Mes parents, ils sont cons. »

À leur propos il dit encore : « Si je m'intéresse à ce que pensent les cons, je n'aurai plus le temps pour ce que pensent les gens intelligents. »

La notion du temps

Cette histoire ressemble un peu à une fable quand nous voyons Oscar évoluer comme s'il était vrai qu'il prenne dix ans en une journée. À la fin cela nous semble plus vraisemblable, car il peu paraître normal que la fatigue, provoquée par sa maladie, corresponde à une évolution vers la vieillesse.

Par contre, au début, c'est une sorte de jeu qui va surtout occuper son esprit et lui donner la sensation de vivre toute une vie. Cela va aller jusqu'à lui faire découvrir des audaces et des intérêts que, sans sa maladie, il n'aurait pas eus. En quelques jours il va avouer un amour, il va dormir avec une petite fille, il va même penser à des enfants, rencontrer ceux qu'il appelle ses beaux-parents, etc.

Qu'il puisse y avoir une forme de subjectivité dans l'appréhension du temps qui passe cela peut s'accepter. Mais à ce point-là... Il n'empêche que cette idée aura terriblement aidé Oscar et l'inventivité de Mamie-Rose lui sera très utile.

La maladie

Quand Oscar se révolte et se demande comment Dieu peut accepter la maladie chez des enfants comme Peggy et lui, Mamie-Rose lui répond qu'elle n'est pas une punition, mais un fait.

Ceci paraît évident, mais ce n'est pas une consolation !... À supposer que Dieu existe, sa responsabilité à ce sujet reste des plus discutables même si les croyants touchés par de telles situations arrivent difficilement à admettre et comprendre.

L'enfance et l'histoire

Il est clair que tout repose ici sur la notion de l'enfance. En effet, seule elle peut accepter les réponses reçues, se comporter ainsi et jouer le jeu qu'Oscar se joue dans la tête à propos de son évolution et de son âge.

L'auteur joue très intelligemment de cela, les idées exprimées par Oscar semblent correspondre parfaitement au personnage. Il est direct comme le sont les enfants, crédule aussi comme ils peuvent l'être avec ceux en qui ils ont confiance. Le langage utilisé est très adapté également.

La confiance

Tout repose sur elle, le pouvoir de persuasion que Mamie-Rose a sur Oscar, comme l'opinion négative qu'il a de ses parents. Mamie-Rose ira jusqu'à lui faire croire en Dieu par la persuasion basée sur la confiance qu'il a en elle. Ici aussi l'idée de son courrier avec Dieu est très utile, car elle lui occupe aussi l'esprit et, à force de lui écrire, il va finir par y croire.

Oscar et Mamie-Rose

Si Oscar est le personnage principal de cette histoire, il est certain que nous aimerions tous rencontrer un jour une Mamie-Rose. Elle a une humanité profonde, une énorme disponibilité et capacité à comprendre les autres, à savoir comment réagir.

III. CONCLUSION

Ce livre n'a pas pour but de philosopher. Il contient un message clair : avoir du courage, ne pas s'abandonner et continuer à s'occuper l'esprit. L'auteur au travers de Mamie-Rose le dit bien : il n'y a pas de réponse pour les choses importantes comme la vie ou la mort. « Il n'y a que les questions sans intérêt qui ont une réponse définitive. »

Et enfin : « ...regarde chaque jour le monde comme si c'était la première fois. »

IV. LE STYLE DE L'AUTEUR

Son style correspond à la façon de parler d'un enfant : il est direct et l'usage de l'argot va de soit. Il en est de même pour Mamie-Rose qui gagne en crédibilité aux yeux d'Oscar en l'utilisant. En utiliser un autre aurait ôté de la crédibilité à l'histoire.

Dans la même collection en numérique

Les Misérables
Le messager d'Athènes
Candide
L'Etranger
Rhinocéros
Antigone
Le père Goriot
La Peste
Balzac et la petite tailleuse chinoise
Le Roi Arthur
L'Avare
Pierre et Jean
L'Homme qui a séduit le soleil
Alcools
L'Affaire Caïus
La gloire de mon père
L'Ordinatueur
Le médecin malgré lui
La rivière à l'envers - Tomek
Le Journal d'Anne Frank
Le monde perdu
Le royaume de Kensuké
Un Sac De Billes
Baby-sitter blues
Le fantôme de maître Guillemin
Trois contes
Kamo, l'agence Babel
Le Garçon en pyjama rayé
Les Contemplations

Escadrille 80

Inconnu à cette adresse

La controverse de Valladolid

Les Vilains petits canards

Une partie de campagne

Cahier d'un retour au pays natal

Dora Bruder

L'Enfant et la rivière

Moderato Cantabile

Alice au pays des merveilles

Le faucon déniché

Une vie

Chronique des Indiens Guayaki

Je voudrais que quelqu'un m'attende quelque part

La nuit de Valognes

Œdipe

Disparition Programmée

Education européenne

L'auberge rouge

L'Illiade

Le voyage de Monsieur Perrichon

Lucrèce Borgia

Paul et Virginie

Ursule Mirouët

Discours sur les fondements de l'inégalité

L'adversaire

La petite Fadette

La prochaine fois

Le blé en herbe

Le Mystère de la Chambre Jaune

Les Hauts des Hurlevent

Les perses

Mondo et autres histoires

Vingt mille lieues sous les mers

99 francs

Arria Marcella

Chante Luna

Emile, ou de l'éducation
Histoires extraordinaires
L'homme invisible
La bibliothécaire
La cicatrice
La croix des pauvres
La fille du capitaine
Le Crime de l'Orient-Express
Le Faucon malté
Le hussard sur le toit
Le Livre dont vous êtes la victime
Les cinq écus de Bretagne
No pasarán, le jeu
Quand j'avais cinq ans je m'ai tué
Si tu veux être mon amie
Tristan et Iseult
Une bouteille dans la mer de Gaza
Cent ans de solitude
Contes à l'envers
Contes et nouvelles en vers
Dalva
Jean de Florette
L'homme qui voulait être heureux
L'île mystérieuse
La Dame aux camélias
La petite sirène
La planète des singes
La Religieuse
1984 A l'Ouest rien de nouveau
Aliocha
Andromaque
Au bonheur des dames
Bel ami
Bérénice
Caligula
Cannibale
Carmen

Chronique d'une mort annoncée
Contes des frères Grimm
Cyrano de Bergerac
Des souris et des hommes
Deux ans de vacances
Dom Juan
Electre
En attendant Godot
Enfance
Eugénie Grandet
Fahrenheit 451
Fin de partie
Frankenstein
Gargantua
Germinal
Hamlet
Horace
Huis Clos
Jacques le fataliste
Jane Eyre
Knock
L'homme qui rit
La Bête humaine
La Cantatrice Chauve
La chartreuse de Parme
La cousine Bette
La Curée
La Farce de Maitre Pathelin
La ferme des animaux
La guerre de Troie n'aura pas lieu
La leçon
La Machine Infernale
La métamorphose
La mort du roi Tsongor
La nuit des temps
La nuit du renard
La Parure

La peau de chagrin
La Petite Fille de Monsieur Linh
La Photo qui tue
La Plage d'Ostende
La princesse de Clèves
La promesse de l'aube
La Vénus d'Ille
La vie devant soi
L'alchimiste
L'Amant
L'Ami retrouvé
L'appel de la forêt
L'assassin habite au 21
L'assommoir
L'attentat
L'attrape-coeurs
Le Bal
Le Barbier de Séville
Le Bourgeois Gentilhomme
Le Capitaine Fracasse
Le chat noir
Le chien des Baskerville
Le Cid
Le Colonel Chabert
Le Comte de Monte-Cristo
Le dernier jour d'un condamné
Le diable au corps
Le Grand Meaulnes
Le Grand Troupeau
Le Horla
Le jeu de l'amour et du hasard
Le Joueur d'échecs
Le Lion
Le liseur
Le malade imaginaire
Le Mariage de Figaro
Le meilleur des mondes

Le Monde comme il va

Le Parfum

Le Passeur

Le Petit Prince

Le pianiste

Le Prince

Le Roman de la momie

Le Roman de Renart

Le Rouge et le Noir

Le Soleil des Scortas

Le Tartuffe

Le vieux qui lisait des romans d'amour

L'Ecole des Femmes

L'Ecume Des Jours

Les Bonnes

Les Caprices de Marianne

Les cerfs-volants de Kaboul

Les contes de la Bécasse

Les dix petits nègres

Les femmes savantes

Les fourberies de Scapin

Les Justes

Les Lettres Persanes

Les liaisons dangereuses

Les Métamorphoses

Les Mouches

Les Trois mousquetaires

L'étrange cas du Dr Jekyll et de Mr Hyde

L'Ile Au Trésor

L'île des esclaves

L'illusion comique

L'Ingénu

L'Odyssée

L'Ombre du vent

Lorenzaccio

Madame Bovary

Manon Lescaut

Micromégas
Mon ami Frédéric
Mon bel oranger
Nana
Ne tirez pas sur l'oiseau moqueur
Notre-Dame de Paris
Oliver twist
On ne badine pas avec l'amour
Oscar et la dame rose
Pantagruel
Le Misanthrope
Perceval ou le conte du Graal
Phèdre
Ravage
Roméo et Juliette
Ruy Blas
Sa Majesté des Mouches
Si c'est un homme
Stupeur et tremblements
Supplément au voyage de Bougainville
Tanguy
Thérèse Desqueyroux
Thérèse Raquin
Ubu Roi
Un Barrage contre le Pacifique
Un long dimanche de fiançailles
Un secret
Vendredi ou la vie sauvage
Vipère au poing
Voyage au bout de la nuit
Voyage au centre de la terre
Yvain ou le Chevalier au lion
Zadig

À propos de la collection

La série FichesdeLecture.com offre des contenus éducatifs aux étudiants et aux professeurs tels que : des résumés, des analyses littéraires, des questionnaires et des commentaires sur la littérature moderne et classique. Nos documents sont prévus comme des compléments à la lecture des oeuvres originales et aide les étudiants à comprendre la littérature.

Fondé en 2001, notre site FichesdeLectures.com s'est développé très rapidement et propose désormais plus de 2500 documents directement téléchargeables en ligne, devenant ainsi le premier site d'analyses littéraires en ligne de langue française.

FichesdeLecture est partenaire du Ministère de l'Education du Luxembourg depuis 2009.

Plus d'informations sur www.fichesdelecture.com

ISBN: 978-2-511-02858-2

Notes :